遠藤由季歌集

Endô Yuki

アシンメトリー

asymmetry

短歌研究社

目次

アシンメトリー

モノ mono-

テトラ　tetra-

カバー装画　著者

アシンメトリー

モノ

mono-

馬頭星雲

馬頭星雲抱くオリオンが昇るころコンロの青き火揺らして待てり

想う人あるさみしさにざぼんより柚子に冬至のこころ寄せやる

柚子一個手に受くるほどの確かさで受けたいメールの今宵一通

冬の蠅逃がさんとして窓開くれど飛ぶ力なく桟を舐めいる

芯のあるさみしさ寄りて来るときの硬き蹄に似たる足音

まっさらな手袋買いぬ裸でも恥ずかしいとは言わぬ手のため

冷ややかな面持ちのジン炎吹く激しさうちに湛えているも

一粒の胡麻が便箋にこぼれ落つ雪降りしきるひとりの夜に

縫いあわす風

わが身体を縫いあわす風のいくすじか沈丁花の香ひきて纏《まつ》わる

マフラーをたっぷり巻けばひゅんひゅんと眉根は雲と交信しはじむ

ひさかたの光のような汝がアドレス収めた名刺入れのふくらみ

生まれたての思慕に降りつむ春の雪遠くへゆくのを拒む深さに

雪の日に苺が点るおかしさよなんでもあるはなにもなきこと

便箋に載りやすいこころとそうでないこころ　今宵はメールを打たむ

返信はいらぬと打てば返信をくれぬ律儀さ　透きとおるようにさみし

嫌われず抱かれず空をぽうぽうと飛ぶ蒲公英の綿毛なるわれ

散りそうな襟

散りそうに襟は揺れたり風ばかり渡りゆく橋ひとり越ゆれば

一週間ぶりの晴れ間に膝の裏干すように歩く郵便局まで

春をふくむふくよかな胸持たずして冬枝のような息ばかり吐く

明るさと呼ぶには少し翳りある桜も作り笑いするのか

滑らかな川鵜の首すじ眺めつつ素潜りでいくかなしみの中へ

すりガラス越しの影絵はあと五分経てば消え去る君と気づけり

白きすじ取る指先のやさしさで触れられてわれ手のひらの蜜柑

ぎゅぎゅっと

とちおとめ煮詰めて女にしてしまう朝ごとに塗るジャムの艶めき

渡らずに済む橋ならばただ一本の遠景となる橋を渡りぬ

ふくよかな肌身をさらすはまぐりの澄みたる椀に汝はくちづけぬ

揺り返すいとしさありて自転車の籠に飲みかけの紅茶は揺れる

オレンジの果肉のひと粒ひと粒は涙のかたちぎゅぎゅっと泣けよ

誰のことも待たぬ時間に氷砂糖ふたつぶかじり音を生みたり

君が読む頃には散ってしまうだろうニセアカシアの香る一行

はじまりと記すに淡く出来事と記すに甘く一日がある

スケルトンタイプの人がいいと言う友は大きな鞄抱えて

朝ごとに光のほうへ右折するバスの終点へ行きしことなく

水よりも明るく澄んだ声たてて笑う人なりその目に墜ちむ

春の星座

しめやかにインククリーニングし始めるプリンターの音《ね》窓辺に降りぬ

君とわれ時おり光を投げあえり眼鏡をかけて本読む午後に

汚すだけ空を汚して散りゆきて葉桜に空ようやく澄み来る

雨後の街いたるところに水たまりひらかせひかり溜め込まんとす

いつもよりやわらかく髪仕上がりてきみの指先待つゆうべなり

夕映えにひと塊の影となりわが一日の果てに立つ花瓶

あおあおと夕闇は来て赤い服着たわたくしは燃えさしとなる

暗き星を関節ごとに灯しても春の星座となれぬふたりは

思考回路

首長きものはさみしえ白鳥の舟をふたりで漕ぐ水際まで

やんわりと断られ続けいる約束　焼きたてロールパンをちぎれり

いつ見ても濡れている花　約束の頓挫する日に咲く梔子

破られる運命にあり約束も紙もわたしを傷物にして

青葉たち色深めゆくはつ夏に靴の汚れを気にして歩く

はつ夏の葉脈あおく逃げ場所のないわが思考回路に似たり

振りあったり重ねあったり手のひらを心のように振舞わせいる

いつか濡れし雨の感触想いつつガラスの蛙の埃を拭う

君という水面があまりに遠い日は砂に埋もれた鰈とならむ

表面張力

あざやかに降り出した雨　街中のホモサピエンスの躊躇を誘う

わたしだけひとりになってしまいそうステンレスのような雨が降りくる

爆弾を作ってしまいし少年のま直ぐな髪にさみしい雨降る

点滴を終えてふたたび垂直に地と交われば風が聴こえる

冬の間を夕陽受け止め立ちし樹も夏至にはあっけらかんとそよげり

猛暑来ると思えば逃げたくなる足の首にか細きフラップの鎖

時に屋根は表面張力持つらしい夏の陽射しをとろりと溜めいる

ゲノム

解読できぬゲノムのように少年ら並んでコンビニの本棚を占める

蜻蛉《とんぼ》の翅取れば唐辛子になってしまう歌あり夢なる赤蜻蛉追う

香辛料並ぶ売り場にひとけなくわれに詰めたる言葉匂えり

薬匙で試薬を掬うように選るたわいもあらぬ話題でさえも

エスニック料理の皿に残りいる唐辛子なり告げたき言葉は

白熊は思いのほかに茶色いと知った朝《あした》に買う烏龍茶

象や鰐作り終えたら粘土へと戻すようにはゆかぬ時間は

雨に濡れ夜より深き色となるスーツを干せばリビングの闇

遠くなるひとり

革製のブーツを履きて町をゆく冒険をせぬつま先鋭く

手のひらを振り返すときわが髪の立冬の冷え頰に触れくる

クラシックギターを父が持つ理由訊きたし秋の深さに立てば

晴れる日の続く隙間の曇り空ブレスのへたな平井堅のよう

胡桃さえ振れば音するわが記憶鳴らせず遠くなるひとりあり

バゲットはまだ火の記憶持ちいたりパチパチ爆ぜる一本を抱く

火を熾す手が木枯しに似る男曲がりたる背の影を伸ばせり

もう何も言うまいと足速めるときわれは密かに静電気帯ぶ

小粒なるみかんの増えぬ襟首を摑まれるような冬に会いたし

ジ

di-

これっぽっちの
雪を掬いじんじんと熱くなりゆく手これっぽちの心も掬えず
言の端に張りつめている薄氷溶ければ怒り溢れてきたり

何かからつねに逃れているようなさみしさに持つビニールの傘

「もうだめかもしれない」と君「しれない」の揺らぎをやかんの湯気に見ている

苛立ちは椿のように膨らんでぽったり紅く淹れるアッサムティ

疲れたる身を投げ出せずほたほたとクリームパンに身を委ねいる

対を成す臓器ではない心臓にこころがあると思う雪の日

さっきまで鳴いてたやかんがとぷとぷと空のポットを満たしてゆけり

頭《ず》の匂い日なたに嗅げばあたたかく脈打つ君の確かな匂い

葉の闇へ手を差し入れて捥ぎやればたちまち照りぬ一顆のみかん

水滴の中のわたし

いつも雨に濡れた靴下履いているような足取りできみ帰宅する

水滴の中のわたしを次々と壊しつつ泣く蛇口の前で

爪切りとマイナスドライバー秘めている君の鞄は不可思議な洞

口を切るほどのするどきクープ持つバゲットを買う気弱なる日は

ぴったりと寒鮃黒く黙しいる魚屋過ればわが影の無く

枝分かれしたさみしいほうの君のことも知っているから責めたりはしない

奪われた涙腺のようゆうぐれの水槽に餌をつつくらんちゅう

仕方なく夜中に回す洗濯機わたしが生む渦こんなに小さく

皿の下に置かれた皿に増えてゆく傷を撫でたし満月の夜は

矢印の鼻

体温を吸った布団にもはもはと食われゆきたり起き上がる気力

薄っぺらなものは怖ろし良く砥いだ包丁夜中に始まる国会

二〇〇三年、サマーワに自衛隊派遣。

郵便車が来るときめきとは違いすぎる戦機次々着地をしたり

職求むる人ら溢るるサマーワに果実なき迷彩柄の増えゆく

首相となる人の鼻みな矢印に似てくる支持率細かに出されて

裕福な夕陽とみすぼらしい朝陽　旅人は履く朝陽に靴を

自己責任論

大蛇なる大縄飛びはまたひとり子を飲みやがて空も飲み込む

サルビアがぐずぐずと咲く校門の鉄柵に太き錠前は冷ゆ

penny lane流しつつ来る生協のトラック　凧の揚がらぬ町に

感情のもっとも薄き場所に打つホチキス今日は風強きゆえ

暗がりの画面に浮かぶ三邦人折れた楔のように帰国す

いつの間にか浴びていたのは紫外線だけではなくて自己責任論

壜の王冠めり込む空き地は消え失せてペットボトルの茶を飲む子らは

逃げることの痛さを怖れる人たちがどんどん上る錆びた滑り台

雑巾を汚してしまうのが怖いおんな汚れた窓に鎖されぬ

金魚草

水槽を君が洗ってカーテンをわたしが濯ぐ五月の朝《あした》

透きとおる金魚草咲く公園に子のなきわれらを見つむる幼な子

風のような女の子産みレースつきのワンピースすとんと着させてみたし

明るくて小さき闇見ゆ　お弁当の苺をふふむ少女の口に

頰赤く朱に混じる子らひとりずつ消えた公園青いわれ残る

ナツメグを合いびき肉に混ぜ込みぬ髭濃き皇子《みこ》のあおさ思いて

ぴりぴりと裂かれるぶどう種のなき一生《ひとよ》光らす淡きみどりに

鬱烈しき君を撫でたる指の指紋ひとつひとつが波立ちやまず

鍋底に生れたる焦げは雨の夜にひっそり死んだ魚に似たる

われひとり心病まざる図太さに深海魚かと思う自分を

御茶ノ水界隈

初夏の柿せつなき色の実生ることを忘れて繁る青年のように

違う雨弾いてきたる傘二本寄り添わせ同じ時間に濡れる

君という魚が泳ぎ疲れるまで御茶ノ水界隈満たしゆく雨

病院のま白き壁に鎖されいて赤い服着たわれは浮き立つ

目の白みゆくまで干さるる魚のこと鬱語りいる君と重ねる

しみじみと眺めし君の耳朶となり丸まりて聴く初夏の雨音

啞蟬として透きとおる翅震わせ果てむよ君を夏と思えば

ファルセカスタニエ

沈黙ごとわれらを沈めし千代田線ふたたび地上に出てもまだ闇

献血は出来ぬと言われた君の目の深き憂いを覚えおくべし

麻婆豆腐貪る君の傍らでライスは汚《けが》れやがて消え去る

誰も見ていなくても吹く噴水に背中を掻いてもらいたい空

週に一度通うパン屋で選りたるは〈ファルセカスタニエ〉呪文のようなパン

シュレッダーを君の心に置けたならわれ風となり紙ふぶき起こす

流星を見上げたこともはるかなり滅び損ねた星にわが住む

赤　福

深い沼が真昼の部屋に生れるらしくわれが居ぬ間を君濡れて待つ

蟇蛙きみの心でぐうと鳴くわが目を君へ向けよと鳴きたり

夏祭りにはもうわれら行かず水ふうせんひと夜で萎むせつなさも忘る

少年なりし君が作った道具箱を壊せば曲がった釘が飛び出す

内なる渦を決して見せまいと震えつつ脱水をする洗濯機とわれ

食べすぎを超えてもひたすら食べる君の決壊したる食欲かなし

灯の消えたシャンデリアじゃらんと下がるような疲れを揺らす夕餉ののちは

にっちりと箱から剝いで赤福を食むは誰かの幸奪うよう

一艘の浮かべる言葉もなくなってテーブルを一枚剝がしたくなる

むくむこころを

いくつものボタンに身体閉じられてやや前屈みに電車待ちいる

何を言えど届かぬひとひ夕風に押してもらえりむくむこころを

身の芯が冷えいる人の多からんはふはふのカレーパンに並びぬ

素裸になることのない心揺る　きばなこすもす蝶を隠せり

乾きたるバゲットがグラタンになる夜をずぶ濡れとなり君の帰り来

一頭と数えれば意志の強そうな揚羽潜ませ言葉繁らす

乾きつつもつれあう枝　刺すように芯なる言葉交わしあうべし

今日触れし人ことごとく傷つけぬ水にさらせり痣色の茄子

靴下にまで染みた雨　どこまでも行くというなら君と果てまで

海月

しらたきをずぶりと摑み水を切るこころに触れるってそうこんな感じ

魚由来コラーゲン日ごと飲み続けわが裡の鮫黙々と太る

ゆるゆると柳通りをひたゆけば男はやなぎと思えてきたり

口角をあげて微笑む内親王の婚儀見終えて仕事に戻る

豆腐屋のおじいさんこのごろ金魚のよう売れぬゆうべにゆらゆら歩く

海月着く海ぶよぶよと膨れたり海岸線を失うこの国

電源を切りたるのちのパソコンに樹氷のようなわが顔映る

ラフレシア咲う

音のすべて遠く聞きおり自転車が激しく風に倒される辺で

人のからだを巡りてようやく抜け出したる水を湛えてマンホール照る

亀を飼うと思えば楽し一日中布団をかむる君と暮らせば

ぬらぬらと冷凍うどんがほどけゆくあいだも悩む君三四郎

言の葉を撒き散らし終え眠る君のまぶたふるえて　銀杏散りそむ

まだ沸かぬやかんに映りたる部屋で歪みつつ立つ雪女われ

雪道を踏みしむるように真夜中の蛇口へ水を飲みにゆく君

根の深き疲れがわれの養分を奪えりどこかでラフレシア咲《わら》う

おおよそは

深き森へ入りゆく目をして満員の電車に乗り込む君を見送る

抱えきれぬ光《かげ》をこぼしてわれよりも深く思案す晩秋の樫

景色なき窓にフォントの太き文字メールが届く窓辺の君から

思いがけぬ言葉ぞくぞく吐き出され立体感を町は失う

パソコン画面閉じたれば青きゆうまぐれ木枯しよりも鋭《と》く鷺は飛ぶ

夕暮れが貼り付いたままの車窓へと頭ぶつけて君は眠りぬ

自らの影切り放ち飛び立てる鳥の翼をひかりと見つむ

真夜中のやかんに注ぐ水道水その重たさにたわみそうなり

おおよそはこんな痛みか君の痛みにわが過去の痛み当てはめて痛む

人間の時間をじくじく刻む時計　光る部品を傷ませながら

トリ

tri-

ビル街は気楽

実のならぬ金木犀の坂道で君の踵を踏んだ十月

手が語り出してしまえる夜なれば冷えたサッシをなぞり続ける

深き水探りあうごとき性愛ののち凍り出す森のあるらむ

溝に散る花もきれいと言うのなら揺すってよわれという名の幹を

雨のけはい小さな町にはりつめて隣町へと洩れてゆく午後

風通しばかりがよくてひとすじの風も絡まぬビル街は気楽

トンネルとう暗い袖口すり抜けた風の手首にふたり巻かれる

夜明けから触れられぬまま一枚のやさしさ垂らすティッシュボックス

アシンメトリー

さみしさと苛立ちがよく似ていること　蛾にも蝶にも鱗粉がある

翅ひろげ飛び立つ前の姿なす悲という文字のアシンメトリー

あたたかい人は何にも言わずともしらすのようなかなしみがある

葉脈を残して粉となる落ち葉踏んでも消えぬ苛立ちのあり

老いぬまま蝶たちは逝き留めらるるピンの照りごと百年照らむ

青銅のような手のひら夕闇に紛れてもまだ広げ続ける
文字盤の紅色蝶貝まどろみぬ秒針のなき砂浜時間に

桜の香り

剝がれてはかえらぬものを見つめてる静かな花の終わりのような

温もりを確かなものと記憶する身体　今こそコートを脱げよ

抱擁の後に桜の香りするからだで坂をぐんぐん上る

街路樹に空の粒子が降り注ぐ悲しいことは光にせよと

言いかけた言葉をとめる瞬間に届かぬ場所で樫の葉揺れる

真っ直ぐを生み出す力屈折を繰り返しているあなたの中でも
街路樹の木漏れ日の中ひとり行く言えぬ言葉を吐き捨てながら

真冬の漏斗

計り知れぬ心と知った　雨音の中にかすかなインクの匂い

誤報なら良かった一行だけの置き手紙がとてもさみしげなこと

鞄からクリップひとつ落ちるとき二月の空気の深さに気付く

やさしさも慰めもみな除くように黙した君は真冬の漏斗

金の斧差し出す女神　君の中へ落とした言葉は錆びていたはず

階段の途中で気付いた君という舗道に出来たわだちの深さに

通いあう心なくして夕暮れに君がこもっていた設計室

ひと言の優しさ伝えるすべもなくペンのキャップを閉めるごと黙す

わたくしのつむじにいつか触れた顎かみそり負けをしていたその顎

折れるほどの力を込めていたならば君の背骨を折ってしまえた

折り畳み傘をたたんでしばらくは驟雨に濡れる君を知るため

傘も差さず驟雨の中をゆく夜の背中を今は見られたくない

もう泣いていいと言うかのごと赤く信号機だけ灯る雨の夜

冷たさは怒りにも似て足元から這い上がりくる　真夜中の床

自らの夜を生み出す皮膚一枚ひとは持ちいる瞳の上に

サイレンがいくつもの角曲がり来るもう間に合わぬ命のために

まっしろな壁に映った君の影　八分休符のような静けさ

藍色の傘しか持たぬ君のこと誰にも言えず水たまりの中

胸底に沈めた言葉をかき回すセメントみたいに固まらぬよう

日当たりの良すぎる春の道なのに影ごと消えてしまった君は

かなしみへぶつかるときに膨らむは想い出という名のエアバッグ

歯車の隙間に墜ちてゆく人をこなごなにして回る世界は

真っ直ぐな心を持てばその堅さ煙たがられて斧で打たれる

剝き出しの配管みたいな純粋さ壁に隠しておけばよかった

この手から滑って割れたおそろいのコーヒーカップの片方まだある

君のことを銅版色の夕暮れに刻む幾度も刷り出せるよう

シャッターが下りるばかりのアーケード街にも春は訪れるなり

とちおとめ並ぶ店頭　女峰など忘れ去られて甘さふくらむ

包むような優しさも今は疎ましくスカーフ一枚風に預ける

ブラウスを選ぼうとして君の好きな色を知らない事に気付いた

二十五点集めてもらうお皿から春の訪れ告げられている

不ぞろいな春売り歩く老婆かも知れぬ三月いつの間に去る

光にはなれぬ痛みの色なるか川べりに咲く菜の花の黄は

君のこと尋ねられても答えられず人から外れて逆光に立つ

増幅をさせて「元気」と答えおり摩擦が起きてすり減らぬよう

かなしみの八十%は水ですとささやきながら川は流れる

色のない時の狭間を抜け出してひとつの影となる繁華街

自転車が行方知れずになった朝君と歩いた土手を思えり

腕時計わたしと同じ体温になるまでに着く君の街には

最後まで絞りつくしたレモンよりまぶしいひかり浴びて駅まで

誰ひとりわたしの名前を知らぬ街そこだけにある記憶を探しに

想い出に名を付けるならクリスティ、サガンの小説によく似た名前を
さみしさを唾の詰まったピアニカのように置き去るベンチの上へ
一心に同じ方角向く影の静けさに似る人を想うは

請け負いますす君に関する悲しみのすべてを　だから手を貸さないで

アヲハタのリンゴジャム

ふり返るたびにわずかにずれてゆく記憶はまるでだるまさんごっこ

アヲハタのリンゴのジャムを塗りながら行くはずだった信濃を想う

手のひらが覚えているのは秋の日に君が作った林檎のうさぎ

君からのメールは絵文字も改行もひとつもなくて　真っ暗な壁

北窓に迷い込みたる蜥蜴いてどう慰めていいかわからぬ

言葉にはできぬというのに乞われたり君のこころにのみ沿うことば

夕暮れの記憶の中にいつまでも君は靴紐直していたり

わたくしの海へと散骨してしまうもう色のない記憶の骨を

なめらかな嘘

みぞおちへ飛び込んできたかなぶんの感触に疑問ぶつけられいる

逸らされることなき視線の息苦しさ台風はいま真上にいるとう

橅の梢の蒼いかたまりうねりいてこころを端からはぐれさせゆく

君のことをどこまで話していいのだろう紙ナプキンを細く畳めり

嘘ひとつなめらかに浮く会話には浮き袋持つ熱帯魚棲む

サルビアの紅きざわめきまだ熱を帯びる深傷《ふかで》はわれに　触れるな

ドウシヨウモナイ

一本の凍えた影と見ゆるまで信号灯の人を見つめる

淡水に眠る真珠のような粒肩に光らす三月の雪

サルビアをひとり枯らしてしまった頃はないちもんめに入れなかった

不燃物と名付けられたるスペースに眠るラジオの砂嵐聴こゆ

失速する記憶はときに転倒すハーレーダビッドソンより重く

ドウシヨウモナイドウシヨウモナイと過ぎてゆく貨物列車に揺れる空缶

芯強き寡婦とも思う誰もいない待合室に冷えゆく椅子を

テトラ

tetra-

冥王星

揺れるとき水は歪んで木は撓る　歪むこころに君を映せり

明日のことを希望のようには語らねど耳そばだててパンは聞きおり

煩わしい約束終わりユニクロをのびのびと着る夜のわたくし

二〇〇六年、冥王星は太陽系第九惑星から降格、準惑星に。

囁いても耳傾けぬ人間に疲れて一抜けする冥王星

君眠る部屋は大きな立方体夜ごとわれへと転がり来たる

君と住む部屋に指紋のまだ付かぬ壁あり月より白く照りいむ

それ以上折りたたまれることのなきカシオペア座のWなり痛みは

闇夜から君を切り抜くように撫ず朝へとしっかり貼り付けてやらむ

三本の置き傘

つぶて置き飛び立つ鳥となる君よ青鷺のようなスーツ選んで

真夏日の空気分厚し紅く咲く百日紅のこと馬鹿とも思う

この夏に君が去りゆくビル街の刺々しさを思い返せり

君を待つ時間に何度も雨は降り　本読めど空を眺めているよう

雨きゅっと止みて夕暮れ　置き傘を三本持ちて君帰り来る

脇見せてヒデキが歌うギャラン・ドゥあの頃のわれにも悩みはありき

薄き本取り出だされることもなく雨に濡れいる君のデイパック

流木のようなかりんとう噛み続け流し去れない悔しさ噛みしむ

菱形の感情

階段の踊り場にいるよな三十代　靴音過ぎてゆくばかりなり

コッペパンの雲浮かびたり駅前のベーカリーにて母とランチす

カスクルートは玩具みたいでちょうどいい何も打ち明けないで食むには

雨を吸い膨張したるさみしさの膨らみ過ぎてドアをくぐれず

菱形の感情を胸に隙間なく嵌め込みて君テレビに怒る

君が風呂に入る隙にて飲むバファリンめりりと白きかなしみも出る

食卓に海が凝りて光りおりひと粒されど塩辛き食塩

押し殺したわれがひっそり吹き返す息なり夜空につくため息は

裂けそうなわれを縫わむとペルセウス座流星群はちくんと光る

電線のない空

君とわれ人を待ちおり航海へ出でむと月を待ちいるように

木の戦ぎにこころ追われてベンチにすら憩えずにいた君を知らざりき

雀にはあってわれらにないものを見つめる　ひかり溢れるフロアで

振り返り苦しむ君と振り返る角度忘れたわれ、ひかり浴ぶ

けやきの葉がおだやかに揺れる今日こそは許さむ君を傷つけしものらを

死にゆくビル生まれるビルのある街で電線のない空をかなしむ

揺れている翼のオブジェを見上げたり見上げる人のなきビル街で

百万人あなたを許す人がいて塩塗る人は二人ほどいむ

矢を放つ

名を知らぬ鳥の飛ぶ影きみの頰をゆくときわれは揉まれたる梢《うれ》

昨日降りし酸っぱいプラムの雨上がる朝なりきみとアーチェリーしに行く

朝露にあふれる草野へ分け入りぬ冷えし飛蝗のすね掠め飛ぶ

露の野の底から跳ねてまた底へきちきちばったのかなしいみどり

一枚の希望のように光る的このようにまた君を思いたく

一射ずつ心と向き合うしんどさを繰り返しゆくアーチェリーというもの

矢を放ちしのち溢されるひと息の風より澄んで草も揺れたり

月となりし母

月の浮くホームに待てば月面へ逃れる群れに紛れいるよう

今日われは人の言葉に揺れやすく車窓の欅となりて離れむ

蛾のようなセセリチョウ飛ぶこんな少女だったよ笑うことが苦手で

枯野原にショベルカーのみ音を立て五キロ先までひとりと思う

泣き顔をさらすのならば沈丁花　母に曳かれて歩いた道の

月面に人降りし頃母の中にわれも降り立ち月となりし母

海追われそろそろ大地も追われそうな人間が見るハイビジョンの月

王女の膝

煌々と蜜入りりんご届きたり王女の膝のような月夜に

目薬の滴のような利息つく通帳を閉じりんごを剝きぬ

手には手の気持ちがありて白米がこぼされている部屋に垂れたり

手土産に生みたて卵を買いくれる母の手越ゆる手をまだ持たず

卵卵卵卵卵卵卵卵卵卵値上がりをしてひとパック三百円

ハートには尖るところと凹むところひとつずつあり今凹むところ

選択肢の「その他」の後ろにある（　）TTと書き泣き顔とする

父のくれし木屋の包丁錆びやすく気を抜けぬものわれいくつ持つ

われの知らぬ海を知る目の濁らないうちに秋刀魚を焼いてしまえり

股份有限公司

冬柏のようだと父の背見ゆる日にこの冬初めての手袋はめる

大まかな意味しかとれぬ北京語のＦＡＸ生みたてのあたたかさ

わが職場は股份有限公司《こふんゆうげんこんす》とう咳き込むような名をぶら下げる

台湾から父帰国せりお土産は雨、生粋の雨男なり父

キャスターがのっぺり告げし民事再生法選びし父の会社の名前を

工場も桜も消えてそこに描きし幸せの構図ときどき思う

我が年でわが父となりしふさふさの父の黒髪覚えておらず

「菜の花」という名の二両電車ゆく流山電鉄線　春まで遠い

消音

溶けたいと願うきみではなくなって胸元の雪ほつりと溶かす

君の溶かす雪が流れとなる春をわれも待つなり傘を畳んで

二十秒君の時間を貰うよとメール来て月の写真貼られぬ

もらいたる蠟梅提げて帰るゆうべ振り返られて木の顔をする

零れぬ水おんなは一枚持ち歩き顔を映せり昼ごと夜ごと

マスクしてわたしを消音するゆうべ心に近づく靴音を聴く

閉じようか迷いながらも抱かれいる梅の花びら貼りつく傘に

湖のような果肉に白鳥がいそうで静かに剝くラ・フランス

透きとおる空へと濁るわたくしをひとしずく垂らし消してしまいたし

顕微鏡

コンビニでもらったスプーンの頼りなさ春を恋いつつプリンを掬う

冬と春の境目を縫う雪まばら眼鏡拭きつつ君曇りゆく

顕微鏡覗くようなり春霞きみの心に焦点合わず

電子文字に頼ってばかりのふたりにも訪れる朝　置き手紙書く

瞬間ごと違う気持ちをはじき出す心に無数の鋲の光りぬ

目薬に目を洗う昼オフィスのガラス隔てる春はひとごと

君の息で膨らみ続けるアパートへわたしは針のように帰るよ

膝を折り目線の高さ合わされて初めて知ったかなしみの貌《かお》

一等星

目薬は年中雨期なりさみしさに肘から濡れる七月の雨

紫陽花をひとつまみ珈琲に溶かしたい電話も来ない事務所の窓で

サンドイッチに森を挟んでおきたしよわたしの中のビル街を捨て

マンホールの蓋が湛える雨黒く光りていたり雀は啄ばむ

真夏日に一歩届かぬ正午過ぎ雀の渇きは砂時計ほど

職場用サンダルのまま帰り来つことさらせつない夕焼けに逢う

下がる口角たちが押し寄す中央改札　額に梵字があるように待つ

山羊座にも魚座にもない一等星　君の鞄が一瞬光る

細き月が梢の上に現れる　そんなところにいたのね、ずっと

桃と紙幣

紅きペチュニアばかりの咲《え》まう家ありて過ぎるとき傘を強く握りぬ

誰もいない事務所にひっそり来た男うす昏きメモリーカード残して

鹿のように時間通りに帰るわれ家族写真はデスクに置かず

感情は芋づる式に出てきたりそれぞれ重く湿りいる芋

折り目なき紙幣のように差す陽射しひかり欲してわれは苦しむ

冷やされて桃と紙幣が届きたり靴で溢れたわが玄関に

さみしさも一ダース分と思いしがサマーキャンペーンおまけつきなり

競技用自転車

葦群を風は素足で踏みゆけり眺めるわれらを一瞥もせず

湧き水に潜むザリガニ釣る父子ひかりのような影を探せり

ぬかるみに鳥の足跡見つけしは君なり大切なものはいつでも

少しずつ良くなる心は秋に似て君の眼、言葉澄みはじめたり

澄むものと響きあいたるあきあかね君の頭上を群れて光れり

わが知らぬぬかるみあまた窪ませて月なき夜を君は越え来ぬ

からみついた凧をほどくような指で眼鏡をはずし目を伏せる君

競技用自転車にかつて乗りし君わがママチャリで一時間走る

ひっそりと星が感光していたるシーツ取り込む青きゆうべに

解説

奪われた涙腺

坂井修一

遠藤由季は、独特のするどい感覚表現・感情表現によって「かりん」内外で早くから注目されていたが、このたび第一歌集『アシンメトリー』を出して、その作品世界を広く世に問うこととなった。この大きな一歩に立ち会えることをまずは喜びとしたい。

ひさかたの光のような汝がアドレス収めた名刺入れのふくらみ
ふくよかな肌身をさらすはまぐりの澄みたる椀に汝はくちづけぬ
「もうだめかもしれない」と君「しれない」の揺らぎをやかんの湯気に見ている
わたくしのつむじにいつか触れた顎かみそり負けをしていたその顎
山羊座にも魚座にもない一等星　君の鞄が一瞬光る
澄むものと響きあいたるあきあかね君の頭上を群れて光れり

遠藤の歌の第一の軸は、やはり「汝」「君」と呼ぶ男性との間に育まれた愛なのだろう。

傷つきやすい男女が、お互いをやさしく包みあいたいと願う。その思いは現代の相聞の場面に共通のものであり、遠藤の歌の場合も繊細さややさしさが、口語・文語の混交体の中によく表現されている。
いっぽうで、遠藤には冷静な観察眼や分析の力がそなわっており、さらにふたりだけの相聞の場をより広い場に広げてゆく想像力や抽象化の力も見せているようである。こうした資質は、遠藤の歌人としての基盤をなすものである。遠藤の歌は単純ではないし、軽くもない。もちろん、自分本位の身勝手さからは遠い。

馬頭星雲抱くオリオンが昇るころコンロの青き火揺らして待てり
暗き星を関節ごとに灯しても春の星座となれぬふたりは
エスニック料理の皿に残りいる唐辛子なり告げたき言葉は

これらは、二人の関係について批評の目や負の感情が働いている作品である。馬頭星雲はオリオン座の中にある暗黒星雲である。勇壮なオリオンのもつそうした負の部分に着目し、オリオンが冬空に昇ってゆくときに、「コンロの青き火」を「揺らして」人を待つのだという。正負混交の複雑微妙な感情表現と見えながら、ここでは自然な素直さが損なわれていない。遠藤の歌の魅力は、まずはこうした性格にあるのだろう。

二首目の「暗き星」、三首目の「唐辛子」も「馬頭星雲」に近い暗示と読める。そう。遠藤は、個別の物象の暗示力のありかをよく知っている。暗示の内容はしばしばとても痛々しい。

包むような優しさも今は疎ましくスカーフ一枚風に預ける
菱形の感情を胸に隙間なく嵌め込みて君テレビに怒る
溶けたいと願うきみではなくなって胸元の雪ほつりと溶かす
電子文字に頼ってばかりのふたりにも訪れる朝　置き手紙書く
君の息で膨らみ続けるアパートへわたしは針のように帰るよ
少しずつ良くなる心は秋に似て君の眼、言葉澄みはじめたり

愛は、快い思いだけでは進んでいかないし、完結もしない。悲しみや怒りや、ときには疎ましさもおぼえながら、螺旋をなして深まっていく。
遠藤の愛した相手は、神経が細やかで、喜怒哀楽の大波小波が寄せ返す人物のようである。そうした繊細な男性と生活をともにするには、自分の言動は鋭すぎるのかもしれない。あるいは、鋭さを隠すことがへたなのかもしれない。そんな自省とともに、

どこか運命愛のようなものも感じる歌群である。

ひとつの愛を疎ましく思うということは、その愛に運命的に引き寄せられているということでもある。「溶けたい」から「溶かす」への変化は、自立した大人の愛の獲得ともいえるだろう。今、文芸ということだけにこだわれば、閉塞感のある愛に苦しみ疲れながら、この愛を通じて遠藤はより大きな世界観を獲得していっていると見える。

＊

歌集『アシンメトリー』は、「モノ」「ジ」「トリ」「テトラ」の各章によって構成されている。「モノ」「ジ」「トリ」「テトラ」とは、ギリシャ語の接頭辞で、一、二、三、四を意味する。一章、二章、三章、四章ととってもよいし、人生のステップを踏んでいるととってもよいし、一人が二人になり、三人になり、と社会との関係ととってもよいのかもしれない。

ここには、文芸に対する作者の意識が感じられるだろう。ただし、意識的・方法的なところはあるが、押しつけがましくはない。

雪の日に苺が点るおかしさよなんでもあるはなにもなきこと
薄っぺらなものは怖ろし良く砥いだ包丁夜中に始まる国会
人間の時間をじくじく刻む時計　光る部品を傷ませながら
囁いても耳傾けぬ人間に疲れて一抜けする冥王星

歌集には批判意識を表立てた歌も散見される。ただし、遠藤の場合、人間の本性を皮肉ったり、社会を批判したりする場面でも、固まった観念や価値観の重みよりは、感覚・感情の鋭さ・面白さで読ませるようだ。

その上で、感情生活はよく普遍化され、より広い空間・時間を手に入れているようである。「なんでもあるはなにもなきこと」「薄っぺらなものは怖ろし」など直裁な表現が出ても不自然な感じがしない。

三首目の「時計」は、人間に酷使され続ける機械の代表なのだろうし、作者自身の投影でもあるのだろう。使われる側は「光る部品を傷ませながら」生きている。「光る部品」とは才能であり、優れた人間性である。そんなふうに読んでいいだろうか。

四首目。読者のみなさんは、「囁いても耳傾けぬ人間に疲れて一抜けする」までが与えられたとして、結句に何をもってくるだろうか。

ここに冥王星をもってくるところが、さきの「馬頭星雲」や「暗き星」から続いて、いかにも遠藤らしいではないか。

冥王星は、一九三〇年に発見されて以来、太陽系九番目の惑星として扱われていたが、今世紀に入る前後から大きさが同じぐらいの天体が太陽系の周辺部にたくさん見つかり、ついに二〇〇六年に国際天文学会で〈惑星〉の地位を剝奪された。

今のような時代、厭世的な気持ちになるのは万人に共通することだが、「一抜けする冥王星」は、むしろ人間的な主体性を感じさせてここちよいのではないだろうか。

朝ごとに光のほうへ右折するバスの終点へ行きしことなく
奪われた涙腺のようゆうぐれの水槽に餌をつつくらんちゅう
裕福な夕陽とみすぼらしい朝陽　旅人は履く朝陽に靴を
翅ひろげ飛び立つ前の姿なす悲という文字のアシンメトリー

歌集から作者の資質がもっともよく表現された作品を選ぶとすれば、右のようなものになるだろう。

ここには、日常の感情の起伏や男女の愛を起点として、より深く、より広く人間世界をとらえなおそうという素志があり、その素志が自然に展開されたさまを見ることができる。すべてを言い切っているのではない。暗示力に富むおだやかな表現をもって、読者をものごとの本質にいざなうところがある。

これらの歌の解釈鑑賞について、二言三言言っておきたい気持ちだが、ここから先はこの本の読者にゆだねることにしたい。そしてここでは、第一回中城ふみ子賞の受賞（集中の「真冬の漏斗」の一連）や今年のかりん賞の受賞について付言しておくだけにしておこう。

私は、遠藤由季の短歌作品にあらわれた感覚の独自性、愛情生活の悲しみ、そして人間に普遍の悲喜劇を見すえ深く象徴的に表現し続けようとする営為を、かぎりなく貴重でたいせつなものと思う。この先に何が待っているかわからないが、長く遠くまで歩み続けることのできる作者である。

あとがき

雨上がりは光に満ち溢れる。

地面に張られた水溜りにも光、屋根にも葉にも電線にも光。その光の中には普段見慣れた町が逆さまになって存在する。

その逆さまの町にも人の営みがあり「私」が存在する。

けれど、その姿を見られるのは雨上がりの一瞬だけ、だ。

もうひとりの「私」との一瞬だけの邂逅。彼女が今どんな表情をしているのか、確かめられるのは雨上がり。その一瞬を逃したくはない。

そう思い短歌を始めた。


雨ばかりの数年だと思っていた。

傘だけが頼りだと思っていた。

そう思っていたのは間違いだと気づいたのはいつ頃からだろう。

傘よりもしっかりとした屋根や、ささやかなひさしがすぐ身近にあったのだ。

「かりん」に入会してよりずっと温かく見守り、ときには励ましてくださった弥生野支部歌会の影山美智子様、そして支部歌会の皆様、いつも刺激をくださる「かりん」の皆様、本当にありがとうございました。また、歌集を出版するにあたり、至らぬところをご指摘くださり、きちんとした形にまとめてくださった坂井修一様には大変お忙しい中、貴重なお時間を戴き、又解説文を戴きましたことを心から感謝申し上げます。そして、馬場あき子先生、岩田正先生、お二方の生きる姿そのものから様々なことを学びました。これからも真摯に短歌と向き合うことでご恩返しをして参ります。最後になりましたが、イメージだけが先行しがちだった「まだ見ぬ歌集」を、この世に形あるものとして生み出す力を貸してくださった、堀山和子様、菊池洋美様、短歌研究社の皆様、本当にありがとうございました。

これから新しい一歩を踏み出します。

二〇一〇年六月

遠藤由季

著者略歴

1973年　新潟生まれの父と茨城生まれの母の間に生まれる
2001年　かりんの会入会
2004年　中城ふみ子賞受賞
2010年　かりん賞受賞

省検
略印

かりん叢書第二三二篇

平成二十二年八月三十一日　印刷発行

歌集　アシンメトリー

定価　本体二五〇〇円（税別）

著者　遠《えん》藤《どう》由《ゆ》季《き》

郵便番号二七〇—一一四三

千葉県我孫子市天王台五—二—二—二三　高橋方

発行者　堀山和子

発行所　短歌研究社
郵便番号一一二—〇〇一三
東京都文京区音羽一—一七—一四　音羽YKビル
電話〇三（三九四四）四八二二・四八三三
振替〇〇一九〇—九—二四三七五番

印刷者　東京研文社
製本者　牧製本

ISBN 978-4-86272-217-1　C0092　¥2500E

短歌研究社　出版目録

＊価格は本体価格（税別）です。

文庫本	馬場あき子歌集	馬場あき子著		一七六頁	一二〇〇円	〒一〇〇円
文庫本	続馬場あき子歌集	馬場あき子著		一九二頁	一九〇五円	〒一〇〇円
歌集	飛種	馬場あき子著	A5判	二五六頁	三一〇七円	〒二〇〇円
歌集	いつも坂	岩田正著	四六判	一九二頁	二五〇〇円	〒二〇〇円
歌集	和韻	岩田正著	四六判	一八四頁	二五〇〇円	〒二〇〇円
歌集	滝と流星	米川千嘉子著	四六判	二四〇頁	二六六七円	〒二〇〇円
歌集	夏羽	梅内美華子著	A5判	二二四頁	三〇〇〇円	〒二〇〇円
歌集	睡蓮記	日高堯子著	A5判	一七六頁	三〇〇〇円	〒二〇〇円
歌集	大女伝説	松村由利子著	四六判	一七六頁	二五〇〇円	〒二〇〇円
歌集	giraffe	河本恵津子著	A5判	二四〇頁	二五〇〇円	〒二〇〇円
歌集	小町算	藤室苑子著	四六判	二〇八頁	二五七一円	〒二〇〇円
歌集	雪のひびき	瀧本陽子著	四六判	一九二頁	二五〇〇円	〒二〇〇円
歌集	八雲立つ湖	酒井悦子著	四六判	一八四頁	二五〇〇円	〒二〇〇円
歌集	天涯の街	近藤道子著	A5判	一九二頁	二五七一円	〒二〇〇円
歌集	海の地図	野々山三枝著	四六判	一八四頁	二四七六円	〒二〇〇円
歌集	春告げ笛	難波道子著	四六判	二〇〇頁	二三八一円	〒二〇〇円
歌集	葡萄峠	羽田明美著	四六判	二〇〇頁	二三八一円	〒二〇〇円
歌集	太陽柱の丘	佐藤てん子著	A5判	二二四頁	二五七一円	〒二〇〇円
歌集	ハートの図像	桜川冴子著	四六判	二一六頁	二三八一円	〒二〇〇円
歌集	邑の四季・心の四季	三輪陽子著	四六判	二二四頁	二三八一円	〒二〇〇円
歌集	冬のまなこ	三輪芳子著	四六判	一八四頁	二五〇〇円	〒二〇〇円
歌集	かさこ地蔵	岡田泰子著	四六判	二一六頁	二三八一円	〒二〇〇円
歌集	マトリョーシカ	浦河奈々著	四六判	一七六頁	二五〇〇円	〒二〇〇円